KB062838

사랑이 가슴으로 오기까지

사랑이 가슴으로 오기까지

초판 1쇄인쇄 2024년 5월 22일
초판 1쇄발행 2024년 5월 24일

저   자 김도성(김용복)
발행인 박지연
발행처 도서출판 도화
등   록 2013년 11월 19일 제2013 - 000124호
주   소 서울시 송파구 중대로34길 9 - 3
전   화 02) 3012 - 1030
팩   스 02) 3012 - 1031
전자우편 dohwa1030@daum.net
인   쇄 유진보라

ISBN | 979 - 11 - 92828 - 53 - 4 *03810
정가 10,000원

*이 책은 수원시와 수원문화재단의 형형색색문화예술 지원사
 업에 선정되어 지원받아 발간되었습니다.

도화道化, fool는

고정적인 질서에 대한 익살맞은 비판자,
고정화된 사고의 틀을 해체한다는 뜻입니다.

사랑이 가슴으로 오기까지

김도성 시집

도화

아픈 아내를
간호하다 보니
시인이 되었다

강물에서
햇볕을 건지고
바람도 낚고
물에 빠진 달에서
고향을 건지며
외로움을 달랬다

비로소
아내를 알게 되었다
'아내를 품은 바다'
'아내의 하늘'
'아내의 대지'

시집 세 권을 썼다

아내의 가슴에
나의 詩가 자란다
꽃도 피고
그 속에서 노래도 한다
지금 마주한 그 얼굴이
사랑으로 익어 간다

시인·소설가 김도성

차례

시인의말

1부

단풍 단상

모두 잃는다고 하나 원래 없었던 것
모두 얻었다고 하나 원래 있었던 것
나무는 사람들에게 단풍으로 말한다

그런데 우리는 잃은 것에 집착하고
원래 없던 것을 잃은 것처럼 욕심내고
바람에 낙엽이 지듯 우리 삶도 그렇다

賞으로 받은 밥상*

새벽 5시
아내가 아침을 차려 놓았다며
식사하라고 해 깜짝 놀랐다

그도 그럴 것이
10년째 전업주부인 나

한 손으로 요리한
숨 두붓국, 갈치 조림
눈물에 말아 먹었다

*10년 동안 뇌경색 아내 간호

잠

잠자다 가면 좋겠다
나도 이제 늙어간다는 것을
올해 들어 느낀다

크게 두 가지다
빠르게 지나는 하루와 걸음걸이다
아침에 눈을 뜨면 어느새 밤
등교하는 고등학생을 죽어라
따라 걸어도 뒤처진다

오늘 살았으니
밤이 깔린 어둠을 베고 잠들고
운이 좋은 아침이 배달되어
또 하루 더 깔아주면
감사하며 살자

두 켤레의 축복

부엌에서 흙 부뚜막 밟고 들어가는 단칸방
가난했던 신혼생활 수저통에 수저 두 벌
부뚜막에 신발 두 켤레 나란히 누운 신혼 방

작은 신발이 하나 둘 셋 늘어 현관이 복잡했지
하나둘 걸어 나가, 쓸쓸하게 남은 두 켤레 신발
수저통에 닳고 닳은 두 벌의 수저

성치 않은 아내 두고 발길 뗄 수 없는 장부 가슴
마지막 한 켤레 신발과 수저를 보게 축복하소서
수고하고 무거운 짐 벗어 놓고 하루 살게 하소서

꽃

당신은 나의 꽃
가슴에 피는 꽃
꽃 진 자리에도
다시 피는
나의 사랑 꽃

丹心(단심)

해 뜰 때부터 온종일
고개 돌려보고

다음 날도 혼자 좋아
바라보기만 한다

일편단심 나의 사랑
모르는 당신이 밉다

빗소리

당신은 바람처럼 스치는데
나의 주체할 수 없는 흔들림

아무도 모르는 나만의 미련
이 밤도 내리는 거친 소나기

누군가 올 것 같은 기다림도
대나무 속처럼 텅 빈 허무함

빗물에 자꾸 씻겨 남은 상처
슬픔으로 젖는 밤의 빗소리

덫

당신을 사랑하는 증표를
내게 준다며 내 손 잡아
은밀한 신전에 넣는다

촉촉하고 물컹한 꽃잎이
손끝을 물으며 오물오물
단물을 계속해 토한다

길잃은 여우 골 나그네
불여우에 홀린 황홀감
더는 말려들지 않는다

꼭 덫에 걸려들 것 같은
불길한 예감에 유혹에는
넘어가지 말자 다짐한다

고백

목숨 같은 사랑에

꺾어주고 싶은 꽃

나의 묘비명

첫사랑과
헤어져라.
참사랑을 안다.

꽃을 꺾다

솔숲에 내리는
아침 이슬에
스펀지가 젖듯이
가슴이 촉촉하다

능동 아닌 피동으로
자신도 모르게
허우적거리며
점점 더 빠져든다

어디를 바라보아도
화려하지도 않은
그 마법의 속삭임
신비감에 묶인다

어제오늘 지금도

오매불망 못 잊어

목백일홍 붉도록

온몸이 탄다

질투와 전투

젊은 날의 정기는 비바람이
갉아먹어 열기는 미지근하다

검劍은 칼집에 있을 때 힘이다
칼집을 나오면 무용지물이다

검이 구실을 못 하고 있으니
모래에 묻힌 듯 보이지 않는다

지형을 바꾸는 기상 이변으로
투기심이 검 앞에 춤춘다

귀신같은 수사관의 직관으로
늙어가지만, 질투는 전투다

내일을 모르고 오늘은 푸르게

담쟁이넝쿨이 울타리를 타고
힘차게 위로 오른다

좀 더 넓게 터를 잡아
긴 여름을 지나면 열매도 맺고
자손만대 번창의 꿈을 꾸겠지

며칠 후 담장이 헐린다
내일을 모르고 오늘 열심히
오르고 있다

아베 수상도 내일을 모르고 갔다
나 또한 이 밤의 무덤에서
내일의 부활을 믿는다

내일을 모르고 사는 것이

신이 내린 축복이다

그래서 오늘 열심히 살았다

우크라이나 역사

역사를 모르고 살면
미래를 모르는 짐승이다

우크라이나 그들에게는
아픈 역사가 있다

인육을 먹어야 했던 굶주림
자식을 이웃집과 바꾸어 먹었다

우리에게 그런 굶주림의
징조가 달무리로 보여준다

어제 없는 오늘 없고
오늘의 역사가 미래를 연다

높은 하늘 웅장한 산 넓은 바다
그 위에 굶주림이 기다린다

빈 그네

하늘을 발끝으로 차는 기분
바람이 가슴을 더듬는다

한때 가슴에 안았던 사랑은
산새처럼 홀로 날아 가고

회한의 세월 빗물에 늙고
빈 그네 바람이 타고 논다

반성문

반성문을 쓴다

나는 나보고 밥은 먹었느냐
묻지 않는다
그런데 묻는 이가 있다

나는 나보고 아픈 곳은
없지 않으냐 묻지 않는다
항상 묻는 이가 있다

내가 나를 사랑한 것보다
더 나를 사랑하는 이는 아내다

*카르페디엠

고교 동창 단톡에 부고다
옛 친구가 초행길을 간다
홀로 왔으니 혼자 떠난다

푸른 잎이 노랗게 물들고
바람에 다투어 떨어지니
우리 삶도 그러한가 보다

남아 바둥거리는 잎들이
언제 떨어질지 모르지만
바람에 춤을 추는 것 같다

말복 다음날 하늘이 높다
창천에 구름도 아름답다
지금 이 순간에 충실하자

*카르페디엠(carpe diem) / 현재를 즐겨라

기다리란 말

기다려 다음에 보자
기다려 다음에 만나자
좀 기다려 다음에 줄게

수십 년 동안 기다렸으나 보지 못하고
만나자고 해 놓고 초행길 떠나고
주겠다 하더니 떼어 먹고

기다린다는 것은 처음에는
가슴에 핀 장미처럼 설레지만
지친 기다림은 나를 변하게 한다

2부

내 것은 숨뿐

숨이 끊어지면
죽는다

남과 나의 숨통을
끊는 것은 살인이다

차가 기름 떨어지면
죽은 것 같더라

차의 숨통은 바로
연료에 있다

숨이 자연으로
멈출 때까지 행복하자

100세 노교수의 장수는

일 — 여행 — 사랑이란다

욕심내지 말자
오로지 내 것은 숨뿐이다

가슴 떨릴 때가 좋아

젊어 순이 만나러
원두막에 오를 때
가슴이 떨렸어

늙어 만나러
카페 층계 올라가려는데
다리가 떨린다

그런데 청바지 아가씨
가슴 떨림으로 돌아볼 때
귓불 당기는 질투 할멈

벽壁

아내가 뇌경색으로 쓰러지던 날
나는 캄캄한 벽 속에 갇혔다
지금 나는 그때 힘없이 벽 속에
웅크린 나를 보며 생각한다

어젯밤 벽 속에서 깨어 보니
오늘 새날의 아침이 밝았다
또 하나의 벽, 오늘 밤을 맞으며
내일의 새날을 맞게 됨을 믿는다

언제나 벽은 내 안에 쌓아 놓고
또 허물며 하루하루를 살아간다
벽을 허물지 못하고 삶을 포기한
세 모녀가 우리를 슬프게 한다

삶은 무엇인가요

총각 교사 시절 방정식 문제 풀 때
우체부가 '부친 사망' 전보를 주고 갔다

무더운 여름날에 텃밭의 쇠비름 뽑던 아버지께서
말했다
땅을 잡고 놓지 않던 쇠비름 머리채 잡고 호미로
찍고 찍어도
뽑히지 않던 쇠비름이 할 수 없이 축구공 크기의
흙을 달고 땅을 놓는다
호미 등 뒤에 씨(종자)를 몇 개 떨구고 뽑혔다 떨
어진 씨를 가리키며 말했다
'아들아! 장가들 거라. 손자가 보고 싶구나'
아버지보다 오래 살아 있는 불효자
현관에 신을 벗으며 아버지를 생각한다

마지막 가시던 날 몸만 빠져나가고

댓돌 위 대문을 향해 놓여있던 그 검정 고무신

꽃은 늙지 않는다

장미를 닮은 여인 자전거에 태우고
코스모스 꽃길을 신이 나게 달리면
그 얼굴
등짝에 묻고
깔깔대며 웃었지

밤하늘 별들 속에 그녀는 사라지고
노을 등진 나그네 그림자 외롭다
오늘도
코스모스꽃
옛날 모습 그대로다

꽃들은 해가 가도 변치 않는 상록수
산천은 의구한데 이 몸은 늙어가고
꽃들은
시시때때로
새롭게 피고지고

창窓

저 멀리 열린

하늘의 窓

틈에서

가을이 들립니다

가을

산불에 밑동 타버린 단풍나무 가지에서
희미한 달빛 저 멀리 풀벌레가 운다

가을 2

허수아비 모자 속에서
귀뚜라미가 운다

가을 3

새벽에 발가락으로
홑이불을 끌어 덮는다

망구望九 부부 이야기

전업주부 9년 고무장갑 끼고 벗기 좋은 가을이다.

주부 초년 여름이면 주부습진으로 고생했다.

도둑놈 손처럼 주먹이 커서 고무장갑도 특대를
끼워야 한다.

아침상을 챙겨 식탁에 나란히 앉아 밥을 먹었다.

밥상을 챙겨주는 내게 미안하고 고맙다며 애정
표현을 자주 한다.

오늘 아침 손가락으로 나의 허벅지를 꾹꾹 찔러
보며 나무도 뿌리부터 늙는다는데

팔십 노인 다리가 돌같이 단단해 좋다며 묘한 웃
음을 짓는다.

"여보! 우리 연무동 살 때가 좋았지."

나는 아내가 하는 말뜻을 잘 알고 있다.

그때가 46세부터 십여 년 달이 떨어질 때였다.

그때 10년, 아내는 황홀경에 빠졌다.

산을 오르고 내리고 가다가 쉬고 또 오르기를 여

러 번…

두툼한 요가 밤이 깊도록 바다에 둥둥 떠다녔다.

지금이 그렇다면 세상이 뒤집힐 해외 토픽이다.

서재 창틈을 비집고 들어오는 바람 타고 망초꽃
풀숲에서 가느다란 풀벌레 울음이 구슬프다.

초저녁잠 많은 나는 누워 잠을 청하는데 아내가
방문을 살그머니 열었다 닫는다.

선선한 가을이 연무동을 다녀왔나 보다.

가을 데이트 장소

가을볕에 데워진
묘지 앞 상석은
새벽까지 따뜻하다

가난한 사랑

자석에 끌려가듯 눈길 끄는 그 여자
이슬 먹은 흑진주 아름다운 장미꽃
조용히
눈을 감아도
샛별 같은 그 얼굴

망초꽃 풀숲에서 풀벌레 울음소리
무서운 눈썹달이 지켜보는 가을밤
아낙네
소문 두려워
몰래 가는 공동묘지

한낮의 햇볕에 풋고추 붉어가고
차가운 바람 피해 찾아가는 공동묘지
따뜻한
묘지 상석에
포개 놓은 각설탕

나팔꽃을 보며 1

오늘
담장을 헐어내는 것도 모르고
열심히 울타리 오르는 나팔꽃을
바라본다

젊은 날
볼 수 없고 잡을 수 없지만
넓은 바다와 높은 산 같은
꿈을 꾸었다

이 시간
내가 오늘 살아 있다는 것은
내일을 모르며 살고 있는
나팔꽃이다

나팔꽃을 보며 2

담장이 헐리는 것 모르는 나팔꽃
더높이 오르면서 신나게 나팔 분다
오늘이
마지막처럼
보라색 꽃 피운다

젊은 날 야무진 꿈 멋지게 그린 절벽
나이를 먹으면서 고무풍선 바람 빠지고
이제는
눈앞 현실을
익숙하게 걷는다

내일을 모르며 살아가는 나팔꽃이
지금이 소중하다 오늘에 충실하라
외침은
카르페 디엠

청춘은 바로 지금

*카르페디엠 [라틴어]carpe diem
명사 '지금 이 순간에 충실하라'는 뜻의 라틴어.
호라티우스의 시 〈오데즈(Odes)〉에 나오는 구절에서
유래하였다.

그림자 부부

해 질 녘 노을이 만드는 마른 그림자가
하루 보내기가 아쉬워 기웃거린다

나들이 나간 남편을 기다리는 아내처럼
보일 듯 말 듯 숨어서 보는 그림자 사랑

하늘 멀리 띄워 놓은 방패연 줄을 당기듯
부부의 사랑은 연줄에 느끼는 감각이다

생로병사로 언제 갑자기 연줄을 놓칠까
나보다도 나를 더 사랑하는 아내와 남편

하루살이 중에 늙어 사는 황혼의 가을 길이
가을걷이 끝난 들녘처럼 더 쓸쓸하다

천장사의 달

고향 삼준산에 달이 뜨면
연암산 계곡 물길 따라온
천장사 예불 소리에
풀벌레 울음으로
가을을 깁는다

부부 이야기

강원 여자 만나 사는 충청 사내 이야기
생활 풍습 다르니 식성도 다르더라
달콤한 신혼 재미에
맛없지만 오케이

모난 돌 구르다가 파인 곳에 모이듯
몸과 살 부딪치니 미운 정 고운 사랑
누비옷 따뜻한 온기
후끈후끈 이불속

해주는 밥 먹다가 전업주부 되고 보니
잘 먹으면 기분 좋고 안 먹으면 속상하고
그 옛날
밥반찬 투정
되로 주고 말로 받네

저녁상 마주하고 별들 품고 잠들고

아침에 다시 보는 꽃같이 웃는 얼굴

이제 더 아프지 말고

동행하자 여보야

고무장갑 속으로 오는 가을

습도 높은 무더운 여름
설거지하다가 주부습진으로
고생했다

밥하고 빨래하는 일도 따분한데
물기가 찬 고무장갑을 벗으려면
짜증이 난다

고무장갑이 쉽게 벗어지면
허수아비 주머니 속
귀뚜라미 우는 가을이다

아버지와 머슴

농사꾼 아버지는 이가 없는 합죽이로

웃으실 땐 목젖만이 보여 하회탈
웃는 얼굴이 갓난아기 모습으로
아버지의 도둑 잡은 이야기가 생각난다.
벼를 베어 마르도록 논두렁에 세워두고
볏단 길이를 발걸음으로 재어보니 줄어들어
도둑을 잡으려고 왕겨를 볏단 위에 뿌린다.
왕겨 따라 가보니 머슴 삼식이라 야단치니
죽을 죄인이라며 엎드려 용서를 빌기에
용서해 주니 삼식은 열심히 농사 일한다.
6·25 전쟁 교전 중 삼밭에 숨어들어
아버지를 안고 총상으로 삼식이가 사망해
장례식 후 가족에게 세 마지기 논을 준다.

올가을 양 볼 푹 꺼진
아버지가 그립다.

3부

첫사랑을 버려라

시체처럼 누워있는 야산 소나무 숲
까마귀 떼가 까맣게 하늘을 날고 있는
불볕더위로 푹푹 찌는 7월 저녁때
하늘이 두꺼운 구름으로 덮이고
공동묘지 낡은 교회 양철지붕 비 오는 날
붉은 녹물이 피처럼 흘러내린다.

못 빠진 양철 조각이 바람에 삐걱거리고
정체 모를 짐승 떼가 지붕을 짓밟는 소리에
가슴을 빨대로 빨아내듯이 타들어 간다.
물체를 분간할 수 없는 어둠은 깊어가고
교회당 숙직실에서 총각 선생이 잠잘 때
갑자기 천둥 번개 섬광으로 잠을 깬다.

전기 없는 외진 산골 숲속의 빨간 교회
갑자기 장대비가 양철지붕을 난타하고

창틈으로 보는 묘지 옆 대나무 숲에서
정체를 알 수 없는 검은 물체가 움직여
좌측에서 우측으로 휙 지나가는 어두운 밤
수상한 그림자가 파란 불빛으로 사라진다.

공동묘지 옆 교회 십자가 바람에 흔들리고
창문이 바람에 열리고 닫히고 작두질하며
잠결에 일어나 등잔에 불을 붙인다.
숙직실 중앙 등잔불이 공기의 진동으로
꺼질 듯이 휘청휘청 고개를 끄덕끄덕
창 흔드는 바람 소리가 코끼리 울음이다.

상엿집 지붕 위에 하얀 빨래가 펄럭이고
장례 날 저고리를 흔드는 초혼(招魂) 광경
혼 부르는 행위가 머릿속에 두렵다.
실연당한 노총각이 비관으로 자살 소문에

칼끝으로 등골을 내리긋는 두려움의 밤
벽시계가 둔탁하게 자정을 알린다.

누군가 출입문을 똑, 똑, 똑 노크
숙직실을 찾아온 사람이 누구일까?
귀신일까 사람일까 남자일까 도둑일까?
우물가 세숫대야 굴러가는 요란한 소리
먹물 같은 어둠 속 커튼 사이로 밖을 보니
묘지 쪽 하늘에 긴 꼬리 파란 불빛이다.

"누구요?" 기어들어 가는 소리로 물으니
"예, 저예요." 실낱처럼 작은 소리
문짝에 귀를 기울이니 귀에 익은 목소리
문고리를 잡고 내다보니 소복을 한 여인이
두 눈만 빤짝거리는 영락없는 귀신
미용사와 첫사랑은 뜨겁게 시작된다.

자석에 끌리듯 눈길 끄는 그 여자는
이슬 먹은 흑진주 아름다운 장미꽃
망초꽃 풀숲에서 풀벌레가 슬피 울고
무서운 눈썹달이 지켜보는 가을밤에
동네 아낙 소문 피해 몰래 찾아가는
따뜻한 묘지 상석에 각설탕을 포갠다.

사람들 이동 없는 자정부터 새벽까지
물레방앗간 보리밭 공동묘지 상엿집
해당화 피는 백사장 갈대밭 금광토굴
간첩 신고에 들통이 난 삼 년 사랑
묘비명을 다음과 같이 쓰고 싶다.
'첫사랑을 버려라. 참사랑을 안다.'

부부

나보다

더

나를

챙겨주는 사이

효자손

전업주부 생활 10년째
한 손밖에 쓸 수 없는 아내
내게 베푸는 최고의 애정 표현은
효자손으로 등을 긁어 주는 것

가을 길에 서서

어제 벚나무 길을 산책하는데
갑자기 불어온 바람에
낙엽이 와르르 쏟아져
아스팔트에 떨어지는 소리가
난청인 귀에 요란하다

녹색 물 빠진 벌레 먹은 잎
절반은 주근깨로 초라한 잎들
화사한 봄날의 영화도
삼복더위 속에 버찌를 달고
된더위에 인내한 시간도
모두 내려놓는다

내 눈에 보이는 것과 생각은
그렇게 시간에 우려 떠나는 삶
벌레 먹은 낙엽 하나 손에 놓고

이제 때가 멀지 않다는 생각에

먹구름 몰려드는 하늘을 보니

가을비가 길을 재촉한다

풋고추

여자 테니스 동호인이 풋고추 한 바구니 주기에
한겨울 밑반찬으로 밥 한 숟가락에 잘라먹던
새콤달콤한 간장조림 고추가 생각났다

낮 더위와 찬 밤공기로 단련된 탱탱한 풋고추를
만지니
사춘기로 가슴이 뜨겁던 총각 때가 그립다
지금의 고추가 바람 빠진 풍선처럼 시들함에 감사
한다

고추를 물에 헹구어 고추 꼭지 자루 조금 자르고
포크로 옆구리 찔러 기를 죽여 바람을 뺀다

단단한 풋고추를 부드럽게 하는 비법을 물으니
샘표 간장 : 식초 : 설탕 : 맹물을 1:1로 섞어
새콤달콤한 맛을 보아 싱거우면 같은 비율로 조

절해

팔팔 끓여 식혀 풋고추를 담그라고 한다

내년 늦가을 고추는 푸르고 탱탱해 항상 12시
일터인데
이놈의 고추는 아침 6시인데도 일어날 줄 모른다

분꽃 이야기*

한식뷔페 음식이 식욕을 돋운다
접시가 넘치도록 이것저것 담는다
맙소사
남은 음식이
쓰레기통 흘러넘친다

유년 시절 점심 굶는 친구가 많았다
수돗물로 배 채우고 허리띠를 졸라맸다
하교 후
집에 도착해
밥 달라고 졸랐지

"분꽃 피면 저녁 먹자" 말씀하던 어머니
해는 중천 곱사등으로 분꽃 앞에 앉는다

화단 앞

쪼그리고 앉아

꽃 피기를 기다린다

*시계가 없던 시절 저녁밥 지을 시간을 알려 주던 분
꽃. 한낮에는 오므리고 있다가 오후 4시경부터 활짝
핀다.

서낭당 로맨스

뻐꾸기 소리에 접시꽃 피는 여름밤
갑사 천 펄럭이는 서낭당에 올라가
만나자
뻐꾹뻐꾹 소리로
목 아프게 불러 본다

코끝을 스쳐 가는 그녀의 분 냄새가
온몸을 감아 도는 야심한 그믐날 밤
어느새
허리에 깍지 끼고
숨소리만, 거칠다

못 만난다. 네 매듭 기다려 세 매듭
붉은 천에 매듭으로, 만나는 날 약속하고
다음날
한 매듭 풀려 세 매듭
기다리다 허탕 친다

하루

하루하루 살다 보니 하루 앞에 내가 있네
새싹 돋는 봄날에 화려한 백 년 설계
그 이상 하늘에 띄우고
구름 잡던 천년 꿈

새벽 5시 일어나 저녁 9시 잠들고
하루 열일곱 시간 밥하고 운동하며
하루치 삶 앞에 놓고
감사하며 詩쓴다

더도 말고 덜도 말고 하루만 살게 하소
욕심 없이 건강하게 행복한 하루살이
그 하루, 나를 더 생각하는
당신 위해 살겠소

슬픈 대화

아내를 간호하는 전업주부다
아침 밥상에 등심을 구워 준다
소고기를 맛있게 먹는다

"여보! 이게 점심이야?"
"당신 치매야?"
나는 깜짝 놀라 묻는다
"당신 귀먹었어?"
아내가 반문한다
"여보! 아침 먹으며 점심이냐 물었잖아?"
"아이고! 등심이냐 물었어요."

난청인 나는 등심을 점심으로 잘못 듣는다
나는 등신이 되고 목소리가 점점 커진다
늙은 낙엽이 슬프게 진다

단풍의 오르가슴

긴장이 풀어지고 전신 근육이 이완된다.
강한 쾌감을 느낀다
부름켜를 타고 수압이 갑자기 높아지고
뿌리부터 가지 끝까지 경련이 일어난다
하부가 수축하는 동시 육질이 수축하며
정열의 최대 극치로 붉은 물이 든다

사랑이 가슴으로 오기까지

눈길로 마주한 사랑이 가슴으로 오기까지는
지축을 흔드는 천둥소리에 석류꽃이 피어나고

손길 타고 흐른 사랑이 가슴으로 오기까지는
녹음 짙은 5월의 장미꽃이 붉은 입술로 유혹

머릿속을 채운 사랑이 가슴으로 오기까지는
꿈으로 삼경을 헤매는 고비사막의 나그네

번민과 갈등 속 사랑이 가슴으로 오기까지는
칠흑의 밤바다를 지키는 고도의 등대가 되고

새빨간 잉걸불 사랑이 가슴으로 오기까지는
아궁이를 뒤적이는 불붙는 부지깽이의 불꽃

한평생 부부 사랑이 가슴으로 오기까지는
나보다 더 나를 챙겨주는 사이로 사는 삶

오솔길

뒷짐 쥐고 휘적휘적
단풍 숲길 걸어가면

지난여름 해죽이 던
망초 꽃대 흔들흔들

누군가
그리워 돌아보니
따라오는 오솔길

賞으로 받은 밥상*

아내가 식사하라며 이른 새벽 깨웠다
혹 치매 아닐까 깜짝 놀라 일어났다
십여 년
내가 주부로
간호하고 밥을 했다

이봐요, 뜬금없이 아침밥을 먹으라니
그동안 당신에게 진 빚을 갚을게요
앞으로
앞치마 입지 말고
고무장갑 벗으세요

무더운 여름부터 설거지를 돕던 아내
외손으로 요리한 된장찌개 갈치 조림
모두부
올린 수저에

둥근 달이 떠오른다

*10년 동안 뇌경색 아내 간호하며 살고 있다.

발바닥

뱃속에서부터 나를 전부 가지셨던 어머니
내 발바닥을 제일 먼저 봤을 당신
응가를 하면 검지 장지 약손가락 사이에
발목을 걸고 애기똥풀꽃을 땄을 거다

어머니 발바닥을 처음 본 것은 시신을 염(殮)할
태어날 때와 죽을 때 발바닥을 보게 된다
발바닥을 보인다는 것은 生과 死다
태어나는 것과 죽는 것의 배턴터치다

태어날 때 처음 하늘을 보는 발바닥
또 가장 낮은 땅만 평생 보다가
마지막으로 후손에게 보여 주고 떠난다
눈코 입은 없지만 다 보고 듣고 말이 없다

내 발을 수없이 씻기신 어머니이지만

한 번도 씻겨 드리지 못한 당신의 발

이제라도 씻기고 싶지만 씻길 발이 없어

불효자의 가슴은 가을걷이 끝난 들녘이다

노-트/ 부모님 살아계시면 발을 씻겨 드리자

힘이 들면 그립더라

문학상보다 테니스 우승 상보다
더 값진
아내의 밥상을 賞으로 받았다
한 주일 동안 이른 새벽
"식사하세요." 깨우던 아내가
또 병이 났다

갑자기 아버지가 보고 싶다
어머니가 아플 때 어떠했을까
나이가 드니 누구에게 하소연하나
말없이 떨어지는 낙엽도 밉구나

힘이 드니 젊은 날이 그립고
가을이라 봄이 그립구나
고추씨를 좋아하던 외할머니께 물을까
억새 숲으로 떠난 어머니도 그립구나

언덕에 홀로 서 별을 본다

나의 기도

−이태원 참사−

흔들리는 지축에 꽃잎이 떨어졌다

밀림의 어둠 저편에서 코끼리 떼 울음이 들리고 마치 죽음을 예견한 듯 사망의 음침한 골짜기에서 아우성친다. 사자 무리에 쫓기는 버펄로가 흐르는 강에 뛰어들어 익사하거나 밟히며 악어 떼에 찢긴다. 순식간에 강물은 핏빛으로 변하고 죽음이 곤두박질친다. 범선이 파도에 휩쓸리듯이 벼랑 끝 폭포로 떨어진다. 짓이긴 꽃잎이 천지 사방으로 흩어지고 보이지 않는 향기가 진동하듯 유체를 이탈한 어린 영혼들이 허공을 떠돌며 가족들에게 손을 흔든다.

오! 주님 어린양들을 당신 품에 안으소서

하루 2

일용할 양식으로
하루를 물들인다

노을 속에 부서져
어둠으로 빠진다

언제나
하루치 속에
나 거기 서, 여문다

사랑은 어디에나 존재한다

오후 2시 햇볕이 따뜻하다
빡빡한 테니스 경기로 땀을 흘린
남녀가 두 다리를 뻗고 풍덩 앉는다
화장대 위 나무 원앙 한 쌍이다

"날씨가 참 좋지요."
난 물었다.
대답 없이 웃는다
"오늘 같은 날은 새벽 4시까지 따뜻한 곳이 있어
요."
대답을 유도했다
"넷! 거기가 어딘데요"
"공동묘지 앞 상석이요."
"선생님이 그걸 어떻게 아세요."
"두 분을 위해 낮에 해님이 데웠어요."

머리에 있던 사랑이 가슴으로 내려온다
남녀의 입술에 빨간 장미가 핀다
사랑은 조건 없이 핀다

첫사랑과 밤을 새운
그날의 별들이 각설탕으로 쏟아진다

마지막 단풍을 보며

늦가을 고별의 비는 내리고
빗물 젖은 단풍이 진다

푸른 밤 치마 벗는 소리
바람에 엉키는 거미줄 소리

단풍 별이 길에 모자이크로
마지막 가을을 그린다

마치 적삼에 가린 유두
보란 듯이 보이며 벗는다

누구를 위해 송두리째
나목으로 바치려나

미친 시인은 낙엽 보며
첫날밤 꿈을 꾼다

4부

간이역

오지의 간이역을 지나치는
기적 소리가
전깃줄에 매달리듯
메아리는 비에 젖고

길잃은
나그네 발길
가을비에 젖는다

삽교역

가을걷이 끝난 들녘 망초 꽃대 건들건들
미루나무 가지 위에 외롭게 뜬 낮달 미소
망부석
허수아비 너
고향들에 마주하니

뒤돌아 떠나던 날 꽃핀 머리 뒷모습
비 젖은 전깃줄에 매달린 기적소리
삽교역
철길을 따라
메아리만 남긴다

마지막 가을비에 은행잎이 쏟아진다
적삼으로 가린 몸 보란 듯이 벗는다
예산과
홍성 사이 달
철로 위에 머문다

엄마의 나비

목화, 솜 물레 저어 실을 뽑아 물들여
엄마가 뜬 목장갑은 청산 위에 무지개
목화 향
퍼지는 손끝에
나비 떼가 춤춘다

풀벌레 울음에 그리움이 산다

가진 것을 아낌없이 내려놓는 가을이다
감나무가 그렇고 사는 것이 다 그렇다
땅에서
얻은 것들을
남김없이 돌려준다

봄여름 녹색으로 단장한 탱탱한 날
해에게 낯가리고 달 보고 웃는 박꽃
어느새
배불러 만삭
씨 종자를 출산한다

가을걷이 끝난 들녘 혼자서 걸어보니
풀벌레 울음 속에 그리움도 파고든다
지난날
헛발질 사랑
빈 둥지를 돌아본다

여자의 일생

연꽃 닮은 어머니가 빙그레 웃는다
가냘픈 꽃대에 핀 한 송이 연분홍 꽃
폭풍우
세찬 바람에도
꺾어지지 않는다

연뿌리 반찬 먹는 아내를 바라본다
육 남매 키운 어머니 세 딸의 아내
진흙 속
구정물 같은
세상 이긴 여인들

모진 세상 견디며 살아온 한평생
병들고 지친 몸은 구멍 난 연근 뿌리
뚫린 그
좁은 틈새로
아침 햇살 설핏하다

같이 늙다가 한 무덤에 묻힌다는 것

채석장에 뒹굴던 울퉁불퉁 각진 돌
마주친 천생연분 부딪쳐 살다 보니
미운 정
고운 정 쌓여
살구꽃을 피운다

치고받고 등 돌리고 이불속 토닥토닥
억새 순 흔들대고 갈대도 잠이든 밤
깊숙이
뿌린 씨앗이
장미꽃을 피운다

혼례식 첫날 저녁 족두리 아래 얼굴
계곡의 개울물이 굽이굽이 흐른 세월
초겨울
홍단풍처럼
꽃노을에 물든다

산

오를 때마다
다른 얼굴의 산
그 산이
내 몸에 길을 낸다

시인의 생활

몸을 튼튼하게 하고
머리로 생각을 하니
가슴엔 행복이 넘친다

역전승*

기적은 언제나
미래에 있다
그래서
지금 희망을 갖는다

*월드컵 16강 진출

연말이 주는 그 무엇

어제와 오늘 그리고 내일
크게 달라질 것이 없는 날
오라고 오고 가라고 가는
내 것 아닌 구름 같은 날

하루인데도 12월 하루는
어딘지 모르게 곶감 빼먹듯
남은 날 저편에 반갑지 않은
한 살의 바다가 출렁인다

은행에서 새 통장을 만들고
새해 달력 들고나오는 기분
약간 한기를 느끼는 날씨에
눈발이 발길 따라 흩뿌린다

첫눈 오는 날 창구멍 뚫어가며

뒤란 장독대를 바라보던 유년
수분이 날아간 마른 볏짚처럼
노인의 가슴은 검게 버석인다

산 2

내가 온 곳도
산이요
머물 곳도 산

그 산이
내 몸에 길을 내니
오르고 보면
마주하는 창천의
해와 달과 별

오르고 또 올라도
친구 같은 산

한 해를 돌아보며

돌아보니 천지사방이 벽으로 막혀 절망에 빠졌
으나
바람 들어오는 곳을 따라 겨우 비탈을 돌아 올라
서니
하늘땅 들이 바다처럼 뻥 뚫린 천하가 발아래 펼
쳐져 안심하고
그렇게 저렇게 꽃 피고 새 우는 숲은 계절 따라
단풍
어느새 앙상한 가지가 삭풍에 떠는 겨울 끝자락
세모
아침 식탁에 나란히 앉은 아내가 손가락으로 허
벅지를 쿡 찌르며
묘한 웃음 짓는 얼굴에 갯벌을 할퀴고 간 파도 자
국이 자글자글하다

나이가 들어가니 백발에 눈과 귀는 점점 어두워

지고 목소리만 커진다

언젠가 아침상에 소고기 등심을 구워 올렸더니

"이게 점심이야?" 아내가 정색하며 물었다

나는 깜짝 놀라

"여보! 당신 혹시 치매 아냐?"

아내가 똥그랗게 눈을 뜨고

"당신 귀먹었어?"

"왜요?"

"내가 등심이냐 물었는데 뭐 점심이냐고?"

나는 등심을 점심으로 잘못 들었다

아무래도 이비인후과 청력 검진을 받아 보아야겠다

절뚝이며 걷고 오른손밖에 쓰지 못하는 아내가

설거지를 하고

가끔 새벽에 일어나 밥상을 차려 賞(상)을 받는

기분이다

나의 자유

잠자는 요의 크기
폭 100센티 길이 190센티

평으로 계산하면
반 평의 잠자리

꿈에서
하늘을 나는
독수리의 자유 비상

어머니의 *계국지

김장용 배추 겉잎을 모아 담근 겨울 김치 게국지
생각만 해도 어금니에 군침이 고여 흐르고
김이 나는 가마솥 고봉밥 푸는 어머니가 보인다

돌게 박하지 간장 게장 국물에 배추 겉잎 넣고
푹 삭은 밴댕이 젓국에 늙은 호박 잘라 버무려
못생긴 새우젓 독 여러 개에 담아 땅에 묻는다

군불 땐 숯불 화로에 게국지 뚝배기 올려 끓이면
퀴퀴한 냄새가 집안에 퍼지면 배고픈 돼지가 꿀꿀
외양간 어미 소도 음매 누렁이는 컹컹 고양이 야옹

늦잠 자던 연년생 오 형제 눈코 비비며 일어나면
눈에 붙은 눈곱과 콧물 젖은 콧구멍에 까만 등잔
그름
손등으로 비벼댄 얼굴에 묻은 검정 물 서로 보고

웃는다

엄마 아빠 오 형제 한 상에 둘러앉아 밥숟갈 크게 떠
게국지 배추 겉잎 하나 들고 집게손가락으로 길
게 찢어
숟갈 위에 똬리 틀어 올려놓고 턱 빠지도록 입에
넣는다

합죽이 아버지의 턱은 탈곡기 발판처럼 속도가
붙고
우리는 아버지 따라 열심히 씹어댈 때 웃음 참던
어머니
문풍지 뜯어먹던 겨울바람도 훈훈하던 그해 그
겨울

*게국지 : 충청남도 서산 지방의 토속 음식
게장의 간장과 갖은양념으로 버무린 배추에 청둥호박
과 꽃게를 잘라 넣어 담근 김치. 국물을 약간 붓고 끓
여서 먹는다.

늙는다는 것

가끔은 외롭다는 생각이
어둠의 골목길에 세운다
홀로 황혼의 해넘이를
바라보는 기분이다

가슴은 문짝 부서진
폐가의 텅 빈 방이다
애써 참는 고독감은
우울증을 동반한다

1번으로 부르고 싶은
친구를 부른다
부모 형제 가족보다
따듯한 믿음의 친구다

빨간 뚜껑 소주병 들고

형님 아우 건배한다
버선 뒤집어 보이듯
속 털어 낼 수 있어 좋다

기적은 미래에 있는 것
꿈이 없으니 바라지 않는다
오늘! 지금!
이 시간을 잡자 "카르페디엠"

산에서 고향을 본다

고향에 산이 있고
그 아래 냇물이 흘러
천수만 바다로 간다

거기에 마을이 있고
우리 집에는
부모 형제가 살았다

진달래 피는 봄 산
친구들과 멱감던 여름
늦가을 파란 하늘의 까치밥
뒤란 장독대 소복이 쌓인 눈

객지에서 늙어 사는 몸
산 정상에 오르면
저 멀리 고향을 향해
두 무릎 꿇습니다

나의 노래

가다가 힘이 들면
쉬었다 가자
그래도 힘이 들면
누웠다 가자
누웠다가
잠이 들면 좋겠다

꿈도 꾸고
뽕도 따고
임도 보고

이왕에
잠이 들었으면
깨지 말고
歸天(귀천)하면
좋겠다

괜찮은 놈이

떠났다고

소문이라도 나면

더 좋겠다

詩로 쓴 편지

아픈 아내를
간호하다 보니
시인이 되었다

강물에서
햇볕을 건지고
바람도 낚고
물에 빠진 달에서
고향을 건지며
외로움을 달랬다

비로소
아내를 알게 되었다
『아내를 품은 바다』
『아내의 하늘』
『아내의 대지』

시집 세 권을 썼다

아내의 가슴에
나의 詩가 자란다
꽃도 피고
그 속에서 노래도 한다
지금 마주한 그 얼굴이
사랑으로 익어 간다

꽃과 여인

그녀는 꽃
나비가 꽃을 찾아 날 듯
나도 나비

꽃은 나비에게
향기로 길을 내고
그녀의 독특한 향기가
나를 당긴다

어둠 속에서도 풍기는
살내가 좋아
마치 어머니의 가슴에서
나던 젖내처럼

그녀의
지문 같은 향기가
지금도 바람에 스친다

90줄짜리 편지

오후 4시 치과 예약으로 입원 중인 아내를 데리고
외출했다.

치료 후 인근 식당에서 저녁식사로 갈비를 먹었다.

2인분이 기본으로 900그램 나와 아내는 배불리 먹
었다.

아내가 내게 하는 말 자기가 편지를 잘 써서

방송국에 사연을 보내겠다고 말했다.

아내는 평소 경기방송 아침에 멜로디라는 방송
듣고 있었다.

"무슨 사연을 보낼 거요."

우리 남편이 최고라는 편지를 보내고 싶다고 했다.

난 우스워 콧방귀 참다가 콧물이…

하지만 어쩌면 아내 말이 진심일 거라 생각해 보니

어린아이가 솜사탕 한입 베어 문 기분처럼 좋았다.

그래 아내에게 하루에 3줄씩만 30일을 쓰면
90줄짜리 훌륭한 편지가 될 거라 말했다.

아내가 드디어 편지를 썼다.
한빛현요양병원을 퇴원해 꼭 1주일 만에 편지를
썼다.
경기방송 아침의 멜로디를 들으며 언젠가 편지를
쓰고 싶다고 했다.

−경기 방송국에 보내는 아내의 편지−

죄송합니다.

아침의 멜로디에 사연을 보내도 되는지
여러 번 생각해 보다가 편지 쓰기로 결심했습니다.

지금부터 3년 전(2014. 2. 20.) 집 앞 홈플러스에
가는 빙판길에 낙상했습니다.

놀랍게도 왼쪽 무릎 종지뼈가 깨졌습니다.

119구급차로 아주대학교 병원 응급실에 실려 갔
습니다.

그런데 무릎 수술 후 병원 침상에서 뇌경색이 발
병해 왼편 다리와 팔에 마비가 왔습니다.

너무나 놀란 신체상의 이상 때문에 괴로워 죽고
싶었습니다.

다행히 겨우 지탱해 걸을 수 있었으나

왼손과 팔은 전혀 쓸 수가 없게 되었습니다.

그래도 비교적 다른 환자에 비해 경중이라는

의사의 말을 듣고 용기를 가졌습니다.

대학병원을 퇴원해 요양병원에서

3년이 넘도록 재활 치료를 했습니다.

마음을 단단히 먹고 굳은 의지로 재활 치료를 받으며 주위 분들의 응원으로 지금은 혼자 화장실을 걸어 다닐 수 있어 감사합니다.

오른손으로 나의 속옷 빨래도 하고 식사도 하며 글도 쓸 수 있어

이렇게 편지를 쓰게 되어 감사드립니다.

사실은 저의 남편을 자랑하고 싶어 편지를 쓰게 되었습니다.

남편과 사랑하는 딸들에게 고마움과 감사의 마음을 전하고 싶습니다.

제가 3년 5개월 동안 재활 치료받느라 병원 생활을 했습니다.

그런데 남편과 딸들이 하루도 빠짐없이 병원을 찾아오는 정성에 큰 힘을 얻었습니다.

남편은 직접 집 살림을 꾸려가고 저에게 매일 서

툰 솜씨로 반찬을 요리하고 과일과 간식을 배달
했습니다.

하루에 한 번 기다렸다 만나는 남편이

하늘 같아 보여 고마웠습니다.

바로 이것이 서로 떨어져 살면서 자신을 돌아보
고 자성하는 멀리한 사랑이었나 봅니다.

제가 퇴원해 함께 살면 잘해야겠다고 다짐했는데

그게 그렇게 마음먹은 대로 되지 않아

가끔 남편의 심기를 불편하게 합니다.

3년 넘게 병원 생활하다가 집에 오니

모든 것이 새롭고 신기해서 실수를 자주 합니다.

그럴 때마다 남편이 참고 도와줍니다.

남편이 손수 해주는 밥과 반찬을 먹다가

때론 입맛에 맞지 않아 반찬 투정으로 자주 다투
게 됩니다.

잠시 그동안의 3년 5개월의 병원 생활을 돌아보며 짧은 세월도 아닌데 오로지 한 마음으로 돌보아준 정성에 감사하다는 말을 전하고 싶습니다.
저같이 77세 할머니가 이런 사연 보낸다고 웃지 마세요.
꼭 이 방송을 듣는 모든 분에게 자랑하고 싶습니다.

꼭 방송을 부탁드립니다.

저의 신청 곡은 가수 노사연의 노래 '만남'입니다.

그동안 저는 라디오보다 텔레비전을 무척 좋아해 많이 보았습니다.
오래전에 남편이 제게 예쁜 라디오를 하나 사다 주었으나

듣지 않았는데 퇴원해 집에 오게 되면서 경기방
송의 아침의 멜로디를 4부까지 매일 청취합니다.
요즘 남편이 주부습진이 생겼다고 말할 때는 가
슴이 아픕니다.

이 편지로 그 고마움을 남편에게 들려주고 싶으니
6월 25일 저의 생일날에 방송해 주면 감사하겠습
니다.
그리고 함께 듣고 싶은 분들이 있습니다.

한빛현요양병원 물리치료실 치료사 선생님들과
3층 간호사 여러분들께 고마움을 전하고 싶습니
다.
함께 지내던 303호 환우 여러분들에게 파이팅하고
빠른 쾌유를 기원합니다.

2017. 6. 13.
수원시 장안구 조달분

아내를 집에 데려오지 않고 요양병원에 있었으면
어찌 되었을까?
지금까지 살았을까? 내게 자주 묻는다.

아내가 아프기 전부터 같은 아파트 이웃에
20여 년간 아침저녁 걷기 운동하던 아내의 교회
친구가 있다.
5년 전 허리 수술 후 걷지를 못하여 아직 요양병
원 생활을 한다.
그런데 2년 전 남편이 살던 집을 전세 놓고 친구
들이 있는 인천으로 갔다고 소문이 났다.
자세한 내막은 모르나 아내를 수원 요양병원에

홀로 두고 도망갔다는 것이다.

그 소문을 들은 후로 아내는 내가 최고의 남편이라며

"여보! 고마워요, 감사해요, 사랑해요"라고 자주 애정 표현을 한다.

식탁에 나란히 앉아 식사할 때 이유 없이 등을 어루만지고 때로는 허벅지를 손가락으로 꾹꾹 찌르며 어머 단단하네.

점심 식사 시간 지난 오후 3시경에 집에 들어와도 밥은 먹었느냐 걱정이다.

아픈 자신보다 더 나를 생각하는 아내의 사랑이 눈물겹다.

발문

노화의 시간과 내일의 부활

권성훈(문학평론가·경기대학교 교수)

존재의 노화는 단순한 신체의 쇠퇴와 시간의 몰락만을 의미하지 않는다. 시공간에 순응하는 방식으로서의 삶은 노화를 촉진하고 죽음이라는 생의 정점에서 폐기된다. 이에 반하여 시공간을 지배하는 삶은 숙련된 고유 주체성을 통해 자연과 세계와 연대하여 또 다른 차원으로 나아간다. 이것은 수급자가 아닌 확고한 경험에서 재현되는 생산자만이 가진 실존 양식으로 습관화된 통일성을 거부하면서 비롯된다. 누구나 겪을 수밖에 없는 노화라는 신체의 분열을 정신적 영입으로 봉합하는 실재성을 취득한다. 세계를 익숙한 구조물로 보지 않고 새로운 창조물로 구축하는 시인이 그것이다. 이로써 자신의 생동감을 통해 세계의 익숙한 것을 특수한 것으로 가공하는 능력의 소유자가 된다.

이 같은 시편들은 즉자적인 주체적 시간을 대자적으로 보강하면서 경험치와 사유치를 동시에 보여주기도 한다. 거기에 수직적이고 단선적인 구조를 가지는 것이 아니라 경험적인 접근을 통해 자신의 존재는 물론 보편적인 정신을 현출한다. 공동 세계를 능동적 주체로 참여하는 시인의 시편은 개체들의 본질적인 요소를 자신의 경험으로 해명하고 윤색하면서 세계로의 드러냄을 통해 언어를 완성하는데 에너지를 소비하기 마련이다.

　바로 시집 『사랑이 가슴으로 오기까지』에 담긴 김도성 시인의 시편은 존재론적 관점에서 유한한 인간 개체의 삶 속에서 개별 생명이 가진 보편적 사유를 탐구한다. 그것은 확고한 정신을 정서로 구성하며 이질적인 세계로부터 내면의 평화로움을 지양하면서 총체적 본질을 드러낸다. 이것은 자기 운동으로서의 본질이 현상되는 단계이며 본질이 현상되는 과정으로서의 글쓰기다. 식지 않는 생의 열정으로 세계에 대한 안식과 관용 그리고 생명에 대한 무한한 관심들을 언어로 부활시키는 그의 시편들은 방금 알에서 깨어난 것처럼 따뜻하다.

이것은 인간의 유한성을 자연적인 것으로 연체시키지 않으면서 사유에의 회귀로 이행하기 때문에 가능하다. 그는 자기 생성의 주체로서 긴 세월을 통과해 오면서 확고한 세계 인식과 분명한 자신의 시적 언어를 체득해 왔다. 그것은 삶이라는 시간에 머무는 동안 「늙는다는 것」이 "가슴은 문짝 부서진/폐가의 텅 빈 방"같이 때로는 좌절할 수도 있었겠지만 "기적은 미래에 있는 것"이라는 믿음 속에서 세계와의 유연한 육체미를 드러낸다. 그것도 '오늘! 지금! 이 시간'을 잡으면서. 이미 그는 시간의 노예가 아닌 시간의 지배자로서 세계로부터 존재하는 시공간을 시적 언어로 점령하고 있다.

이처럼 자기 생성의 주체로 운동하는 삶은 늙음을 단축된 시간으로 말하지 않고 확장된 사유의 공간으로 이동하게 만든다. 최소한 김도성 시에서 발견되는 삶은 나이 먹음에서 깨닫는 바를 자기 지양 운동을 통해 응대할 줄 안다. 이를테면 늙음을 부정하지 않기에 "꽃 진 자리에도/다시 피는/나의 사랑꽃"(「꽃」)이 되는데 이때 사유하는 것이 미적 욕구의 시작이며 언어의 완성이 된다. 그는 늙음 또한 미적 욕구로 사유하는 데 삶과 죽음이라는 이분법적인 인식으로 구분하지 않는다. 그의 꽃은 죽은 가운데 혹은 시든 사이에 피워올리는 꽃이 아니라 '꽃 진 자리'에서 어떠한 매개체가 없이 다시 꽃을 피우게 한다. 바로 사랑이라는 음영 그리움이라는 그림자가 그것을 가르친다. 그럼으로써 그의 시는 상호대립적인 것을 옹호하는 생명 인식에 반하고 있다는 점이다. 그의 시편들에 편성된 특이점들은 자연의 순환 운동에 자신을 이입하고 세계의 본질을 찾아가는 것이 아니다. 이 가운데 자신을 이해하고 세계와 동일화하는 시선과는 다른 양상을 가지고 있기 때문이다.

우리가 아는 한, 기존 생명 인식은 필연적 구분을 통해 존재를 확정하고 종국에는 귀결시키려고 하는 의도가 있다. 예컨대 꽃봉오리는 꽃의 출현 속에서 꽃봉오리가 부정되면서 꽃이 생성된다. 꽃은 꽃봉오리가 대체된 것으로 꽃봉오리의 배척에 지나지 않는 것처럼 열매도 마찬가지로 꽃을 배척하고 수정된 결과물이라고 할 수 있다. 오히려 그의 시는 '첫사랑과 헤어져라. 참사랑을 안다'는 (「나의 묘비명」) 언

표와 같이, 첫사랑과 헤어지는 것은 참사랑을 알기 위해서 존재하는 것이며 그로 인하여 사랑의 진리를 드러내는 것처럼, 사랑의 진실을 알기 위해서 만남을 배척하고 사랑을 부정함으로써 사랑을 확인하는 방법이 되는 것.

이처럼 김도성 시인은 이러한 상호대립적인 관계를 내면화하면서 사유로서 완성시켜 나아간다. 그것은 사물에 대한 부정이나 세계에 대한 배척이 아니라 유연한 전체 생명에 대한 이해와 근원적인 생명체로부터 고유한 자기 생성을 현시한다. 유기체로 구성된 생명 개체의 운동은 미래 또한 오래된 현재성으로 만들며 오늘에 충실하도록 한다. 이른바 며칠 후 담장이 헐린다/내일을 모르고/오늘 열심히/오르고(「내일을 모르고 오늘은 푸르게」)있는 '담쟁이 넝쿨'처럼 그의 시편들은 원숙 된 세계를 긍정과 배려로서 재현한다. 이럴 때 새로운 생존 번창 방식으로서 '내일의 부활'로 믿고 있기 때문이다.